SKETCHES ET SCENETTES A GOGO

Tome 3

SACEM N°1487267

TABLE DES TEXTES

REFLETS 1

LES PERSONNAGES :

- Un jeune couple de 25 ans environ : "**Le couple**"

- Un jeune garçon du même âge, chômeur : "**Le jeune**"

- Un homme, 55 ans, poète n'ayant jamais percé mais qui croit encore au pouvoir de l'amour : "**L'homme**"

- Une femme banale, la quarantaine : "**La femme**"

-Un homme politique âgé, à la retraite et portant un regard rétrospectif sur sa carrière et le devenir de ses ambitions : "**Le politique**"

- Un journaliste, la quarantaine : "**Le journaliste**"

* Le couple arrive, main dans la main, se tourne brusquement vers le public et déclare à l'unisson, avec enthousiasme.

Le couple :   " Nous, on s'aime !,

      ...

      Et c'est presque à l'envers

      Du monde d'aujourd'hui."

* Le jeune arrive, allure nonchalante. Il réfléchit à haute voix.

Le jeune :   " Trop de superficiel nous éloigne du ciel ;

      Trop de gestes pour rien détruisent nos destins.

      Ils parlent, parlent, ils saoulent, ..., et le monde s'éloigne.

      Tout se joue devant vous, notre pièce en témoigne."

* Ils marchent tous les trois, sans parler, de long en large.

* Le garçon du couple se tourne affirmativement vers le public.

Le jeune :   " Garde la dynamique !

      La dynamiqu' te dynamise !

      ...

      C'est de la dynamite !"

* Arrive l'homme, qui leur déclame (partie pouvant être chantée).

L'homme :   "Malgré vents et marées, nous croyons nos talents.
               Malgré des ventres vides, oh, nous croyons en nous.
               Quoi que ca fasse mal et que tant le répètent,
               Nous ne pouvions craquer car devant la beauté,
               Devant nos convictions, ils ne comprendraient pas."

* La femme arrive et s'adresse à l'homme.

La femme :   " C'est la lumièr' qui descendait,
               Celle qui venait pardonner,
               Qui nous disait de partager
               Mais ne savait pas le crier !

               Dis, redis leur qu'ils le pourraient,
               Qu'il suffirait, s'ils le voulaient,
               D'un peu plus d'amour et de paix."

* L'homme s'affole soudainement. Ses yeux qui cherchent, il se montre très anxieux, il s'adresse à la fois à la femme et au public.

L'homme :   "Dites moi pourquoi,
               Dites moi pourquoi,
               Oui, dites moi pourquoi,
               ...
               Mais dites moi pourquoi,
               ...
               Les bombes, ..., qui tombent, ..., partout ! "

SACEM N°1487267

Il se reprend,

"Je ne comprends pas,
Je ne comprends pas,
Non je ne comprends pas,
...
Oh je ne comprends pas,
...
Dites moi, ..., pourquoi pas, ..., la paix ! "

* Le journaliste, assis à son bureau, dans un coin de la scène, fixe la présentation du journal télévisé, l'air placide et toujours sans émotion.

Le journaliste : "C'est pire ailleurs,
...
Pourquoi se plaindrait-on ? "

* Le politique vient attraper et reposer, dédaigneux, lassé, des poignées de dossiers dans les piles sur le bureau du journaliste. Il les regarde, puis s'adresse au journaliste.

Le politique : " C'est bien trop de dossiers tous gris,
Ce sont les affaires en Bosnie,
Surtout, parlez pas du Rwanda,
...
Mais, ..., mais qu'est ce que je dis là ?"

SACEM N°1487267

* La femme se rapproche du bord de la scène et s'adresse au public en montrant du doigt l'avant, puis l'arrière de la scène.

La femme :   "C'est l'espoir par ici,

              ...

              Le désespoir là bas !"

* Le politique regarde bien le journaliste puis vient lui aussi s'adresser au public.

Le politique : " A l'Elysée, on vous disait
              Ce qu'il fallait pour rassurer,
              Fallait pour vous faire penser
              Que dès demain tout irait bien !

              C'est toujours la faute des autres !
              Nous n'étions que les bons apôtres "

* La femme, pensive, elle s'adresse à l'homme.

La femme :   "La calme de la nuit, ..., sur la ville endormie ;
            Quelques éclats, au loin, ..., brisent pourtant des vies !"

* L'homme commence en lui répondant et finit, surpris, en s'adressant franchement et puissamment au public.

SACEM N°1487267

L'homme :   "Nous étions des artistes,
Quoi que le monde en pense.
Nous étions des artistes.
Nous sommes toujours là,
Quoi que le monde en pense,
...
Mais, ..., vous n'écoutiez pas !"

* Le couple, dans un autre coin de la scène, est méditatif.

Le couple :   "C'est l'été, les visions,
Sur la télévision."

* L'homme revient s'adresser au journaliste et au politique toujours au bureau du journaliste (partie pouvant être chantée).

L'homme :   "Tant de gens qui s'entêtent,
L'on coupe et l'on étête,
Tout au nom de l'étique,
La formule magique ;
...
Quand les grands font leur choix
...
De qui, et de pourquoi !"

* La femme revient s'adresser au public (partie pouvant être chantée).

La femme :   "Que ne voulez vous écouter
Ce que chaque matin promet,
Ce que la vie, la vie devrait
Être toujours, toujours aimée ;
...
Car pour l'amour, ..., vous seuls pouvaient !"

* Le couple est de l'autre coté de la scène.

Le couple :   " Tu m'aime et me le dis, ...
Je ne réponds que, ..., oui !"

* L'homme vient s'adresser au couple.

L'homme :   "Face au drame, au démon,
Peu savent dire non !"

* Le jeune vient s'adresser au couple.

Le jeune :   " Elle brule d'amour,
Tu mijotes à feu doux,
Mais, attention, ..., ça brule !"

* L'homme s'adresse au garçon du couple.

L'homme :   " C'est par l'indifférence
                Près de la nonchalance
                Qu'elle met ses filets,
                Et te fera craquer !"

* Le jeune, pensif, ne s'adresse à personne.

Le jeune :   " Cet air que rien,
                ..., Rien ne dérange !"

* Le politique, toujours les dossiers du journaliste dans les mains.

Le politique : " Ministères de destruction,
                Usines de cancers,
                Fabriques de sida !

     (Silence)

                Obèses !

     (Silence)

(Lentement) Les morts du bide,
                ...
(Sec)   Morbides !

     (Silence)

(Lentement)   Laissez faire
...
(Sec)   Lucifer ! "

* L'homme revient sur l'avant, pensif à voix haute.

L'homme :   " Tous rêvent de soleil ;
               Partir, pure merveille.
               Ma femme attend chez moi
               Que finisse tout ça ! "

* Le jeune, très sérieux, s'adresse au public puis disparaît.

Le jeune :   "Derrièr' la voix ferrée,
               C'est l'indic au rapport. "

* Le couple où le garçon parle à la fille (les répliques suivantes pouvant être chantées).

Le garçon :   " Tes caresses angéliques,
               Regards mélancoliques ;
               Lorsque sur le périph
               Les autos font leurs griffes ! "

* L'homme s'adresse à la foule avec conviction.

L'homme :   " Si petits, et si grands ! "

* Le couple où la fille s'adresse au garçon :

La fille :   " Il pleut sur le parvis,
Sur les gens, un ciel gris.
Luminaires partout,
Et tout grouille, comm' c'est fou ! "

* L'homme s'adresse au public.

L'homme :   " Si petits, et si grands ! "

* Le couple où les deux parlent ensemble :

Le couple :   " Ce rythm' met à genoux,
C'est la guerre partout ;
Surtout, ..., partout ailleurs ;
D'ailleurs, ..., qu'y pouvons nous ? "

* L'homme s'adresse au public.

L'homme :   " Si petits, ..., et si grands ! "

* Le journaliste s'adresse au public depuis son bureau.

Le journaliste : " Le laxisme est en vous,
                        Pourtant vous pouvez tout ! "

* Le politique s'adresse au journaliste.

Le politique : " Dis : " L'amour est partout ! ",
                        Et la foul' rue partout,
                        Dans les rues, comm' des fous ;
                        Tout se rue et se stresse.
                        Le temps pass', l'heure presse. "

* La femme, ne s'adresse à personne et déclame à voix haute.

La femme :   " Du dernier jour, s'il revenait,
                        Celui qui sait faire oublier,
                        Fair' pardonner, faire pleurer, ...
                        Oh Dieu sait qu'on s'embrasserait ! "

* Le jeune, déclame de la même manière.

Le jeune :   " Que ce monde est petit,
                        Si petits dans le monde ! "

L'homme :   " Si petits, mais si grands ! "

* Le couple, ensemble, déclame de la même manière.

Le couple :   " Besoin, ..., du beau ! "

* Le politique, à coté; du bureau du journaliste.

Le politique : " C'est l'industrie,
Et ses dus stricts ! "

* Le jeune s'adresse au public avec conviction.

Le jeune :   " Si tu n'y vois plus rien
En dehors du béton,
...
Alors laisse béton ! "

* La femme vient s'adresser au politique vers le bureau du journaliste.

La femme :   " Tes vices et tes victoires, ...
Lorsque les justes accusent, ...
, ..., Accusent sans rien dire. "

* L'homme s'adresse au politique.

L'homme :   " C'est au bout du chemin,
Au bout que la morale
..., Ne signifie plus rien ! "

SACEM N°1487267

* Le jeune s'adresse au public.

Le jeune :   " J'aime les gens qui font : " oui, non, mais, ...,
suspension ! " "

* L'homme s'adresse à toute la salle, acteurs et spectateurs.

L'homme :   " Déclamons, acclamons,
                 Abattons du brouillon ! "

* Le politique vient s'adresser à l'homme.

Le politique : " Qu'est ce que tu veux changer ?
                 Qu'est ce que tu "peux" changer ?
                 ...
                 Fais de ton mieux, ..., ose ! "

* Le jeune s'adresse au politique et au journaliste.

Le jeune :   " Vous avez oublié les vrais grands de l'histoire ! "

* L'homme s'adresse au public.

L'homme :   " Si petits, et si grands ! "

* Le couple où le garçon s'adresse à la fille (partie pouvant être chantée).

Le garçon :   " Si je porte sur moi
                 Ce souvenir de toi,
                 Quand j'ai failli ... te dire vous
                 Tu l'as mis à mon doigt
                 Quand nous n'étions pas "nous",
                 Presque comme un collier d'esclave,
                 Un anneau de forçat,
                 Forçat de toi, ..., pour toi. "

* Le jeune vient s'adresser au politique et au journaliste.

Le jeune :   " Et vous parlez du temps,
                Que vous dites le bon, ...
                Que vous dites le vieux, ...
                Parlez du bon vieux temps,
                Des regrets dans la voix. "

* Le politique s'adresse au jeune.

Le politique : " Et si c'est à refaire, ...
                  Je n'y retourne pas ! "

* Le journaliste, s'adresse aux murs (partie pouvant être chantée).

Le journaliste : " Carrousel, carrousel,
　　　　　　　　Tourne, tourne, tourne,
　　　　　　　　Sur la vie sans épice
　　　　　　　　Vient mettre un peu de sel.

　　　　　　　　Carrousel, carrousel,
　　　　　　　　Monte, monte, monte,
　　　　　　　　Fort de ton édifice,
　　　　　　　　Fait de chevaux de bois,
　　　　　　　　Flamboyants artifices
　　　　　　　　Ne laissant pas de bois. "

* L'homme, pensif.

L'homme :　　" Qui sait qui vient, et qui m'emporte,
　　　　　　　　Bercé de fanfares et couleurs ?
　　　　　　　　Qui sait qui vient et qui m'emporte ?
　　　　　　　　Carrousel guérit les malheurs. "

* Le jeune s'adresse au public.

Le jeune :　　" Monde d'envies,
　　　　　　　　Que je t'envie !
　　　　　　　　...
　　　　　　　　Au chom'du,
　　　　　　　　On chôme dur ! "

* Le journaliste, qui s'est assis à son bureau, s'adresse à la femme qui s'est approchée.

Le journaliste : " Ils veulent ton avis,
                 Puis ils prennent ta vie ! "

* La femme à l'homme.

La femme :   " C'est tout comme un corsaire,
                 Un pirate adversaire
                 De ta vie, tes envies.
                 ...
                 Digne mutinerie
                 Si jamais tu exploses ! "

* Le couple où la fille s'adresse à l'homme.

La fille :   " Je ne peux même pas
                 Dire pardonne-moi ! "

* Le politique, toujours à sa place, s'adresse au reste de la troupe.

Le politique : " C'est l'espoir d'aventure,
                 Combat pour une trêve
                 Que j'avais espérée.
                 ...
                 Tout a continué. "

* Le jeune s'adresse au journaliste, toujours à son bureau.

Le jeune :   " Une bouffée d'air pur ?

               ...
La vie d'une passion
Sur les moyens du bord. "

* Le journaliste, sentencieux, parle au vide.

Le journaliste : " Fusion, ..., sans effusion !

              ...
Amour, ..., ignifugé ! "

* Le jeune qui, dans un moment de profonde déprime, ne s'adresse à personne est sérieusement écouté par l'homme (partie pouvant être chantée).

Le jeune :   " C'est mon verr' que je vois tanguer.
Posé sur le comptoir en zinc,
Il revient toujours m'inviter
A m'en aller, ..., et je reviens

Mais cette vie ne m'a servi,
Toujours au long de mon chemin,
Rien que chômage et pires ennuis.
Tout m'enferme, ..., et tout me retient.

Alors tout l'espace devient
Un enclos réduit à l'espoir,
Et cette vie qui me tient bien
Ne lâchera jamais sa proie.

A la télé, par le chômage,
Elle ne parl' que d'exclusion.
Est c'que vous croiriez qu'a mon âge
Je pourrais lui donner raison ?

C'est mon verr' que je vois tanguer.
Je ne sais vraiment plus que faire,
Je ne sais plus où m'accrocher
Ailleurs qu'à la soup' populaire. "

* L'homme lui répond sans qu'il ne s'y attende.

L'homme :   " Déchaîne donc ton cœur !
Fais régner l'amour-roi
Comme unique acabit
Face à ces tristes lois.

...
Déchaîne donc ton cœur,
Fais fi des alibis,

...
Libère toi ! "

* Le journaliste, toujours impassible, et ne s'adresse à personne en particulier.

Le journaliste : " Sans âme, …, et sans amour "

* La femme, choquée, reprend la réflexion au vol et s'adresse au journaliste.

La femme :   " Aimer sans âme et sans amour ?
                …
                Amour énamouré !
                …
                Méfie-toi, Méphisto !
                …
                Le moribond d'un bond … "

* Le couple la coupe, sans même s'adresser à elle.

Le couple :   " On s'est toujours tiré
                La vie à quatre sous ! "

* Le jeune, leur répond.

Le jeune :   " C'est la plaie du loyer,
                Qui ne se ferme pas. "

* Le politique continue ses prospections mentales.

Le politique : " Des portes, …, qui s'ouvrent ! "

Tous droits réservés pour tous pays par Mathieu VIGNAL©

SACEM N°1487267

* Le journaliste semble avoir une étincelle d'intérêt.

Le journaliste : " J'aime ces gens qui parlent pour rien dire. "

* Le jeune, lassé et révolté, parle en l'air.

Le jeune :   " Putain d'époqu' charnière
                Et déséquilibrée !
                Polluée de publicité,
                On ne voit que les gens heureux ! "

* L'homme s'adresse à la femme.

L'homme :   " Elle ne m'a laissé qu'un oiseau,
                Dans sa cage et derrièr' des barreaux ;
                Un oiseau prisonnier, ..., cœur d'acier ! "

La femme se retourne pour s'adresser au public (partie pouvant être chantée).

La femme :   " Aux enfants d'aujourd'hui, qui peupleront demain,
                Vous aimez vous complair' dans la médiocrité,
                Vous aimez vous complair' sans vouloir regarder
                Ce qu'ils font de la terre et du monde habité,
                Ce qu'ils font de la terr' dont vous hériterez. "

* Le jeune, regard et attitude absents.

Le jeune :   " Ce monde est froid,
                     Et je cherche un peu de chaleur ;
                     Ce monde est froid,
                     On ne me parl' que de malheurs. "

* L'homme lui répond, d'un ton puissant, sec et directif.

L'homme :   " Échappe-toi, ..., d'échappatoire ...
                     ...
                     Si tu t'en vas, ..., le temps s'en va ! "

* Le journaliste, toujours l'air impassible.

Le journaliste : " Tension, …, sans attention "

Le politique : " Des portes, ..., qui se ferment ! "

L'homme :   " Si petits, et si grands ! "

* Le couple, ou les deux parlent ensemble et se regardent.

Le couple :   " Comme sur une image,
                     Amoureux de Peynet
                     Là où tout est si calme,
                     On va pouvoir s'aimer ! "

SACEM N°1487267

* Le journaliste, intéressé par sa nouvelle.

Le journaliste : " Elle s'appelait Trolette,
                Elle parlait beaucoup,
                C'était la pie Trolette
                Qui allait doucement ! "

* Le politique part dans une sorte de délire.

Le politique : " Sacristains si certains
              De la nef astronef ;
              Téléphone qui sonne,
              Qui raisonne, qui t'assomme ;
              Et la vie te trahit.
              On t'envie, on t'applaudit ! "

* Le jeune, avec cet air de bienheureux que plus rien ne dérange, s'avance pour la phrase et repart aussitôt dite.

Le jeune :   " Je suis un touche à tout ! "

* Le couple, sérieux, s'avance pour la phrase et repart aussitôt dite :

Le couple :   " On partira, ...,
              , ..., Mais plus tard ! "

* Le journaliste, toujours derrière son bureau, s'adresse au public.

SACEM N°1487267

Le journaliste : " On est à l'aube,
On a mêm' régressé,
...
A quand la vraie ... "évolution ? "

* L'homme s'adresse au jeune.

L'homme :   " C'est dire aimer avant d'aimer.
Imagine avant de partir,
...
Car c'est le pouvoir de vouloir
Qui fera que tout viendra vrai ! "

* Le jeune, l'air absent, ne s'adresse à personne et traverse la scène en se balançant de droite à gauche, bras écartés à l'horizontale, comme un avion en difficulté.

Le jeune :   " C'est ... le mouvement ! "

* Le couple s'adresse au reste de la troupe.

Le couple :   " Dans tes yeux, diamants bleus,
Les éclats des ébats
Sont encor' comme l'or
Des moissons tout au fond
De la mine, et taquinent
Un printemps trop longtemps
Espéré, recherché. "

SACEM N°1487267

* La femme s'adresse au reste de la troupe.

La femme :   " Sans amour, l'anamour
                 Va ternir les désirs,
                 Pâlissant les diamants,
                 Palissades en cascades. "

* Le politique s'adresse au reste de la troupe.

Le politique : " C'est le goût du goudron,
                 De l'égout, des poltrons
                 Qui s'en vont, d'édredons,
                 Des surprises, des matisses,
                 Et qu'attise l'artiste. "

* L'homme, s'adresse au reste de la troupe.

L'homme :   " Les tessons, le tison,
                 Braise ardente, ciel d'argent,
                 Dans tes yeux, diamants bleus,
                 Les indices s'immiscent
                 Et se font mirlitons,
                 Arlequins, ..., baldaquins. "

* Le jeune, s'adresse au public.

Le jeune :   " Ils ne peuv'nt pas savoir,
                Pauvres gens de l'argent,
                Pas savoir les journées
                Que nous devons passer
                Alors qu'est mort l'espoir.
                On se prive de tout,
                Et l'envie nous tenaille."
                ...
                Que jamais d'oxygène,
                Jamais la moindre aisance. "

*L'homme leur répond.

L'homme :   " L'argent ne fait pas le bonheur,
                Mais il y contribue,
                Il peut aider beaucoup. "

* Le couple leur répond.

Le couple :   " L'argent, et alors ?
                Ce n'est pas important,
                ...
                Surtout quand on en a. "

* Toute la troupe en cœur.

" Nous vivons comme en haut
Des plus hautes montagnes,
Là où l'air se fait rare,
Où l'air est tout ce qu'on
Peut économiser,
Là où le moindre effort,
Le plus petit plaisir
Se font si difficiles
Et sont si importants. "

* Le journaliste sur un ton monocorde.

Le journaliste : " Des barbelés clôturaient la cité,
S'en échapper défiait la pensée.
...
Les barbelés n'étaient que pour orner
Ces murs cassés qui toujours les narguaient. "

* L'homme, l'air préoccupé, malheureux.

L'homme :   " Le monde va si mal.
Laissez moi croire encor'
Que j'y peux quelque chose ! "

* Le journaliste, d'un ton magistral.

Le journaliste : " Noyé, ..., de pétroliers ! "

*Le couple, où le garçon s'adresse au public.

Le garçon :   " Elle m'a demandé :
                  " A quelle heur', s'il te plaît ? "
                  Je lui ai demandé :
                  Ce qui lui convenait.
                  Elle m'a dit dix hors.
                  Alors j'ai dit d'accord ! "

* Le journaliste, impassible, s'adresse à tous.

Le journaliste : " L'amour ... camisolé ! "

* Le jeune, l'air bienheureux, parle en l'air.

Le jeune :   " J'aime ces gens qui font : oui, non, mais,
                  Qui dit oui, qui dit non,
                  Qui dit qui ne sait pas,
                  Qui ne savent jamais ! "

* L'homme, s'adresse à toute la troupe.

L'homme :   " Nous avons les entraves,
                  Mais pas les avantages ! "

* Le politique, comme ne se sentant plus concerné par ce qui se passe.

Le politique : " L'heure qui vient, ..., m'amène. "

SACEM N°1487267

* Le jeune, s'adresse au public, et regarde partout comme par peur d'être surveillé.

Le jeune :   " Prés de la voix ferrée,
C'est l'indic au rapport ;
Qui dit : " Rien ne se passe,
Toujours rien ne s'affiche,
On ne voit rien venir. "
…
Le ciel à l'horizon
Pointe un maigre soleil
Qui se bat ... face au vent. "

* Le journaliste prend son téléphone puis s'acharne à composer numéros sur numéros, s'énervant peu à peu, au fur et à mesure que passe la tirade.

Le journaliste :" Et tout de suite nous tentons de joindre notre correspondant :

Numéro d'abonné,
Numéro de sécu,
Numéro de client,
Numéro d'appelé,
Numéro téléphone,
D'immatriculation,
Numéro candidat,
Numéro de passage,
Numéro d'inscription,

Chiffres d'identité,
Numéro de porteur,
Numéro d'apporteur,
Numéro déporteur,
Numéro transporteur.

...

La lumière s'éclaire,
La lumière s'éteint,
Apparaissent, disparaissent
Les objets, sans objet,
Réveillés, dérangés,
Éclairés pour nos yeux.

…

Merveilleux !

...

Bip ... bip ... bip ... Abonné absent ! "

* Toute la troupe quitte la scène qui reste vide un moment.

SACEM N°1487267

FINAL

* Le jeune revient, excité mais désespéré. Il parle seul.

Le jeune :   " Il n'y a pas de trêve !
               Toujours la mêm' galère,
               Et l'argent pourrit tout,
               De toujours et partout.
               ...
               Pour le malheur des autres,
               Non, ..., je n'ai plus de place. "

* La femme revient avec des gestes larges, gracieux, languissant, et s'adresse au public.

La femme :   " Je veux faire l'Amour,
               ...
               Avec le jour qui vient,
               Le soleil qui se lève
               Et la fraîcheur du jour.

               L'amour brule ma voix,
               L'amour, tout simplement.
               ...
               Voir passer la journée
               Avec tout juste un peu,
               Juste avec un peu plus
               D'amour que d'ordinaire. "

SACEM N°1487267

* Le politique revient, déçu et mélancolique.

Le politique :" Je croyais à la paix,
             Pensais qu'ils comprendraient
             Et qu'ils épargneraient
             Tout ce triste gâchis. "

* L'homme arrive et s'adresse à toute la troupe.

L'homme :   " Sur le poste allumé
             Je vois bien des enfants,
             Autour d'eux des canons,
             Le souffle de la peur,
             Et les détonations.
             ...
             Ils demandent leur père,
             Ils demandent leur mère,
             Et nul ne répond plus. "

* Le jeune s'adresse au public :

Le jeune :   " Les croirez-vous longtemps
             Quand ils parlent de bien,
             Et quand ils disent aider
             L'autre à être meilleur
             S'il achète des armes
             Et qu'il paie en dollars ?
             ...
             Ah mon Dieu, qu'ils sont beaux
             Les défenseurs de paix ! "

SACEM N°1487267

* Le journaliste revient et reste debout à coté de son bureau.

Le journaliste :" Oui mais rien n'a changé ;
     Même si l'on croyait,

     ...

     D'ailleurs, ..., que croyait t'on ? "

* La femme s'adresse au public.

La femme : " Ils demandent pardon,
      Ils demandent pourquoi.

      …

      Il n'y a que des enfants,
      Et c'est tout comme moi.

      …

      C'est un mal si loin qu'il
      Ne me concerne pas. "

* L'homme revient, et s'adresse au journaliste :

L'homme : " J'attendais une trêve.

      …

      On m'a dit : c'est Noël.

      …

      J'attendais un arrêt
      Des combats, une trêve ;
      Cette pause espérée ;

      …

      Silence des canons
      Sur un monde apaisé.

...
Je voulais une trêve,
Un arrêt des combats,
La fin définitive
De l'effusion, bon sang ! "

* Toute la troupe, ensemble, s'adresse au public.

La troupe :   " Mais aujourd'hui, oh non, oh non rien n'a changé.
La barbarie toujours et partout nous meurtrit.
Tant d'enfants ne rient plus, la souffrance toujours,
Même si tout cela ne nous concerne pas

Car ce soir c'est Noël, et nous fêtons l'amour.
…
Tous autour du sapin, nos enfants danseront,
Et nous prenons partie pour nos seuls avantages,
…
Nous fermons la télé sur les derniers carnages. "

REFLETS 2

LES PERSONNAGES :

- Un jeune couple de 25 ans environ : "**Le couple**"

- Un jeune garçon du même âge, chômeur : "**Le jeune**"

- Un homme, 55 ans, poète n'ayant jamais percé mais qui croit encore, au pouvoir de l'amour : "**L'homme**"

- Une femme banale, la quarantaine : "**La femme**"

-Un homme politique âgé, à la retraite et portant un regard rétrospectif sur sa carrière et le devenir de ses ambitions : "**Le politique**"

- Un journaliste, la quarantaine : "**Le journaliste**"

L'homme, seul, entre sur le plateau et s'adresse directement au public.

L'homme :   " Accueille-moi !
              …
              Tu recevras des images,
              …
              Et non des mots après des mots ;
              …
              Des mots comme des mirages,
              …
              Des images, ..., mieux que des mots. "

Le jeune entre à son tour, et s'adresse de la même manière au public.

Le jeune :   " Ding-dong !,
              …
              Et voilà
              …
              L'inattendu passant
              Qui peut changer le cours
              Des berges aléatoires
              Des souvenirs troublants,
              …
              La vie de chaque jour. "

Le femme entre sur scène et s'adresse elle aussi au public, d'un ton à la fois sérieux et solennel.

SACEM N°1487267

La femme :   " Écoute !

Chut !

Écoute enfin le temps
Que d'autres font autour de toi ;
Par leurs paroles, et par leurs sens,
Par gestes, par actes, par foi.

Écoute les biens, et tais-toi,
Assez longtemps pour les comprendre.
Observe les dans leurs émois ;

Sache dans leurs regards entendre. "

La scène se vide.

Le jeune entre, en tenue militaire, sac sur le dos, vient, repart, traverse la scène de long en large, rentre et sort, regarde son fusil, dédaigneux, prend et regarde son képi, puis hoche la tête, traite de même son pantalon, ses rangers et son treillis.

Le jeune :   " Mais qu'est ce que je fais là ?,
Je n'ai rien demandé.
Ils ordonnent à mes pas.
Il me faudrait tuer !?

Ils m'inspirent dégoût,
La haine et le combat,
A moi qui suis si doux,
Victime d'être là ! "

SACEM N°1487267

Reprise en cœur de l'ensemble de la troupe. (partie pouvant être chantée)

La troupe :   "De tâches d'eau en tâches de sang,
Et des massacres au nom de l'argent ;

L'armée nous a formés.

De marres d'eau en marres de sang,
Par le profit tu deviendras grand ;

Chemin de société.

De toi à moi, si tu comprends,
Le filet d'eau devient torrent ;
De toi à moi, on nous apprend
Qu'il nous faut détester les gens.

Mais qu'est ce que tu veux fair',
Dans ce monde qui tourne à l'envers ;

Mais qu'est ce que tu veux fair',
Tout seul au fin fond de cet enfer ?

Le petit bébé qui pleurait,
Qui de nous autres dépendait ;

Va se mettre à crier !

SACEM N°1487267

Le petit enfant qui jouait,
Jeux innocents à la récréé ;

Va se mettre à tuer !

Mais pour pouvoir devenir grand
La première leçon est aussi la dernière ;

Et n'oublie pas, au cours du temps,
Si tu n'écrases pas tu resteras derrière !

De tâches d'eau en tâches de sang,
Et des massacres au nom de l'argent ;

L'armée nous a formés.

De marres d'eau en marres de sang,
Par le profit tu deviendras grand ;

Chemin de société. "

Le politique arrive, avec l'allure déconfite de celui qui est tombé de très haut, désespéré de voir ce qui est ; l'allure de celui qui à vu échouer les espoirs de sa vie.

Le politique "Moi, tout ce que j'aimais,
          Le calme et la sagesse
          Hérités des anciens ;

          Ces gens qui travaillaient
          D'une dure allégresse,
          Qui fabriquaient demain ;

          Ceux qui prenaient leur temps
          Dans ce temps où les choses
          N'étaient pas que des choses
          Et modelaient le temps.

          Les choses s'imprégnaient
          Des vibrations d'artistes,
          Artisans, violonistes,
          Ceux qui les habitaient. "

Le jeune revient, toujours avec sa tenue militaire.

Le jeune :   " C'était un incendie dans la cave à Papé.

          Lui, du fond de sa tombe et si haut dans les cieux,
          N'était plus consulté des occupants du lieu ;

          Et les pierres sont mortes, leur cœur a éclaté.

Si j'aimais la Maison, et l'aimais de la sorte,
C'était bien cette cave, cet endroit si secret
Et souillé maintenant par ces profanateurs
Qui, eux, ne savent pas ; cet endroit bien à Lui
Et fait à son image ; cet endroit partagé
Où nous avons foulé, ensemble si longtemps,
Oui, des heures durant, le sable des bons vins
Et des charcuteries refaites chaque année.

"Tourne toujours d'ici" me disait-il bien fort ;
Car tous ne savent pas que des meilleures choses
Est souvent un secret détenu les anciens ;

Et j'aimais ses secrets. Qu'est il parti si tôt ?

Cet endroit partagé, et fait à son image,
Où nous avons souvent tiré tous deux le vin,
Siphonné dans nos cœurs la substance d'Amour
Du nectar à la moelle, et pour les partager ;

Pour en goûter le suc. M'y serais je brûlé ?

Mais non, l'Amour est bon et il me l'a laissé.

Saurais-je reconstruire, seul à crier au monde
Qu'il suffit de vouloir et de n'être pas seul ?

Saurais-je sur ses pas, aurais-je le pouvoir,

Aurais-je la sagess' de suivre jusqu'au bout
Le chemin qu'a tracé l'Amour de mon Grand-Pére,
Et redescendre un jour dans la cave à Papé ;
…
Pour la ressusciter

…
En y tirant le vin ? "

L'homme s'avance, nostalgique, comme quelqu'un qui saurait très bien
où il serait heureux, quel mode de vie lui conviendrait, et l'évoquerait
avec beaucoup d'admiration, d'enthousiasme, et de regret, sachant bien
qu'il en est séparé sans espoir.

L'homme :   " Elle est dure, la terre.
                Les anciens le savaient.
                Mon pays est derrière,
                Un pays desséché.

                Ici, rien ne s'enterre,
                Tout est plein de cailloux
                Saupoudré d'une terre
                Qui ne vaut pas un sou.

                Pourtant là, prés du thym,
                Lavande et romarin,
                Où seuls cades et genets
                Parviennent à subsister,

                Il se fait un trésor
                Que n'égale nul or,
                Et qui reflète autant
                La rudesse du temps."

SACEM N°1487267

Toute la troupe reprend, en alternant les voix.

La troupe : " C'est un pays bien sec,
Et puissant à la fois ;
Tout comme ses enfants,
Se ridant peu à peu,
Perdant son petit lait.

Le temps n'existe plus
Au satané soleil
Que beaucoup nous envient.

C'est jusqu'à l'éternel,
Si fameux "Picodon",
Issu de pâturages
Où presque rien ne pousse.

Aussi vieux qu'il est sec
Et presque indestructible ;

Semblant pauvre et durci,
Vidé de sa jeunesse,
Il en reste au contraire
Enrichi du nectar,
De la force et l'odeur
Des garrigues désertes
Sous un soleil de plomb.

Il est le cœur profond,
Et subtil à la fois,
D'éternelle Provence ;

De ma Provence à moi ;

Autour des Avignon. "

La femme s'avance, et s'adresse au politique ainsi qu'au journaliste.

La femme :   " Ils sont beaux, ils sont grands,
Et brillent de tous feux,
Les si beaux dirigeants
Ne jurant que par Dieu.

Il me semble pourtant
Ressentir quelque peu,
Comme aspect sous jacent,
Un coté moins glorieux.

Comme dans les placards,
Comme épouse et complice,
Du malheur goguenard
Ce sont leurs doigts qui tissent. "

La troupe reprend, en alternant les voix et s'adresse au public.

La troupe :   " La vieille dame aux doigts crochus
Faisait des ronds, des ronds dans l'eau ;
De petits cercles grandissants,
Tendant vers chacune des rives ;

SACEM N°1487267

De petits cercles sans passé,
Allant, venant, s'écartelant
Et jusqu'au point de s'effacer ;

Perdus dans l'infini,
Mués vers le néant,
Faisant fi des souffrances
De toujours et jamais.

La vieille dame aux doigts crochus
Faisait des ronds disparaissant ;
…
Fauchait les i, coupait les points ;
…
 Digérant la misère, la souffrance et la peur ;

Sonnant enfin le glas ;
L'heure de la sortie
De cette grande école
Aux classes supérieures ;

Fichées en haut des cieux,
Surplombant sans relâche
Cette vallée des larmes
Et qu'on nome "la vie", ...
…
En clé de l'éternel. "

SACEM N°1487267

L'homme reprend la parole et s'adresse au public avec grand
enthousiasme.

L'homme :   "Quand, parmi tous ces gens,
      Peut être que c'est Toi,

     …
     Qui seras le premier,

     …
     Qui lui prendras la main,

     …
     Porteras ses pensées,

     …
     Aideras ses espoirs,

     …
     Sur l'aube de demain. "

Le couple, en cœur, vient s'adresser au journaliste.

Le couple :   " Vous nous parlez tant de malheurs,
     Que vous en oubliez le cœur.

     Que ne nous parlez-vous d'amour,
     D'un simple espoir, d'un peu d'humour ?

     Vous tuez le vouloir
     Par trop de voiles noirs."

La troupe reprend en alternant les voix. (partie pouvant être chantée)

La troupe :   " Gens de l'information !

Mon Dieu qu'il ferait bon sur les chemins de terre
De ce monde couleur du noir des encriers
De tous ces vieux gangsters que l'on dit journalistes ;

Décidant sans vergogne des destins qui, peuchère,
Sans eux seraient si beaux, rendant sur le baudet,
Et malgré leurs efforts, tant de sourires tristes.

On dirait ces Messieurs de la presse friands
D'horreurs et de massacres, cherchant des sensations
Toujours plus fortes entre elles, toujours plus épicées.

Quelques gouttes de sang sur un linceul vacant,
Une pincée de doute, un zeste de questions,
Un fantôme dedans et le tour est joué.

Et si vous nous parliez, chers Messieurs, un peu plus
De tout ce qui va bien, de ce qui aide à vivre

Ces gens désespérés par le manque d'espoir,
Que vous avez tués et tuerez un peu plus
Par le journal demain, où vous les rendrez ivres
D'une attente infinie dans un cachot trop noir ?

Oui vous avez raison, Messieurs, l'information
Est nécessairement quelque chose d'utile,
Que l'on doit préserver comme l'or des moissons ;

Mais je ne parle là que de l'information,
Ancestrale et présente, si riche et si fertile,
Non d'inexactitude ou de presse-citron.

Si le monde est vraiment ce que vous décrivez
Je sais les sentiments oppressant les chaumières.

Redonnez nous l'espoir et la force du cœur !
Demain crépitera comme la cheminée ;

Et le monde entendra cette ultime prière ;

" Faites donc de vos plum's les ailes du bonheur ! " "

Le journaliste répond, s'adressant dans un premier temps au couple, puis
au public dans sa totalité.

Le journaliste :" J'en vois de toutes sortes,
S'ouvrir, fermer des portes.
Je ne dis que la vie
Que l'on veut que je dise.

Je suis tout comme vous,
Et je ne suis pas fou,
Victime des mesures,
Sangsues de ma blessure.

Sur la démocratie,
Ce sont des mots qu'on crie ;
Tous ces mots, interdits,
Qu'on étouffe sans bruit."

SACEM N°1487267

La troupe reprend en alternant les voix, s'adressant tour à tour les uns aux autres, et sur les moments forts au public et en cœur.

La troupe :   " Acclamons ces endroits pour prendre le soleil,
Ces vacances rêvées près des lieux de travail,
…
Près des maisons de culte, près des prisons centrales ;
Et les "Grandes-Ecoles", si près des laminoirs.

Dans la jungle mondaine, où nous sommes les fauves,
Des jours sont décrétés pour pouvoir partager ;
…
Des lieux et des moments pour se faire l'amour ;
…
Sur quelques pauses enfin pour être un peu soi même.

Rejetons les voleurs, bandits et assassins,
Durement réprimés pour actes monstrueux ;
…
Acclamons les héros ; ceux qui ont le plus tué,
Torturé, massacré, des guerres légitimes ;

La vie des "gens-normaux" ; par l'heure du travail,
Par l'heure du repas et des "informations" ;
…
Par le "devoir d'amour" avant de s'endormir,
Et les temps de repos si bien organisés.

Tout ce qu'il faut "montrer" pour sa réputation,
Où seul le visuel impose à la pensée ;
…

SACEM N°1487267

Tout ce qu'il faut "cacher" contre les "on dirait …"
Lorsque l'Individu vient à se ressembler.

L'uniforme imposé marque les différences
Qui tout au long du jour défilent sous nos yeux ;
…
Qui, témoins du salaire, du sexe et du pouvoir,
Deviennent passeports pour mondes cloisonnés.

Dans cette indifférence à tout aspect Humain,
A tout Contact Gratuit, au Partage de soi,
…
Ne naissent qu'illusions, entraînant sans relâche
…
Toujours plus loin du Vrai
…
La quête du Bonheur. "

Le couple s'adresse au public.

Le couple :   " Rien n'est jamais gagné.
Comme un combat : l'amour ;
Se fait lutte effrénée
Contre le non-amour.

Ce combat éternel
Appelle à tous nos sens,
Comme la mer de sel
Où les coraux balancent. "

SACEM N°1487267

Le couple reprend en cœur. (partie pouvant être chantée)

Le couple :   " Les dernières effluves
De nos corps enlacés,
Notre dernier combat,
Ne peuvent me quitter.

L'odeur de tes cheveux,
Le souffle de ta peau,
Les élans de ton cœur
Et tes derniers sanglots.

Chaque nuit je t'espère
Dans le lit de mes bras,
Mes paupières t'appellent,
Tu n'es toujours pas là.

Les rayons de Vénus
Sur des journées sans Toi
Sont un parfum ému,
Frêle, évoquant tes pas.

Souffle tiède, pensées,
Attentions que tu as eues,
Revêtent mes journées
D'un écrin de lotus. "

Le politique s'adresse tout alentour, parlant quasiment à lui-même.

SACEM N°1487267

Le politique : " Les femmes, les femmes, ah oui, les femmes ;
     Que n'en suis je enfin libéré ! ;
     Et qu'ils sont faibl's, devant la femme,
     Ces grands virils justes musclés.

     Elle a prise partout, sur tout,
     Elle utilis', et tout est sien ;
     Pour différer, comme un tabou,
     Il ne vous reste presque rien."

La troupe reprend en alternant les voix :

La troupe : " Clé de publicité, on la trouve partout,
     En tous lieux, par tous temps, et par son seul vouloir,
     Lorsque nul ne l'y force, on ne peut l'ignorer.
     Elle est omniprésente et c'est nous que l'on force.

     Elle est sur les autos, les cahiers, le brico.
     L'âge lui fait défaut et son corps l'avantage.
     Elle attire le mâle, en ces lieux qui se paient.
     Elle est partout, toujours, et c'est nous que l'on pousse.

     Sous couvert de désir, qui jamais assouvi,
     Elle ferait tout vendre, jouant sournoisement
     Des instincts les plus forts, mais aussi les plus bas,
     En Reine-De-Pouvoir d'un monde matériel.

     Personne ne l'y force, alors qu'elle s'y plaît
     Et déclame sans cesse, qu'elle n'est que victime
     De la proie prise au piège de sa stupidité.
     Libre de son état, elle veut qu'on la plaigne.

Elle est produit marchand, elle est produit vendeur,
Objet décoratif détenant le pouvoir
Comme une idole du dieu de l'absurdité ;
Le plus grand à ce jour tant sont d'adorateurs.

Libre de son état, je ne la plaindrai pas ;
Lorsque l'enfer n'est pas que de la renier
Mais la voir placardée pour autant de non-sens
Sur les murs, chaque jour, dés qu'on sort de chez soi.

S'il voulait m'écouter, je prierais le Bon-Dieu
Que d'établir enfin l'équilibre des choses.
Tout le monde à sa place, dans l'ordre naturel,
Et les Ânes du jour seront bien mieux gardés.

Tant de conflits, Sieurs-Dames, tiennent dans vos
rapports ;
...,
Avec l'aide des femmes."

L'homme vient s'adresser au politique, puis au journaliste, puis à la
troupe et enfin au public.

L'homme :   " Ah oui, la confiance,
               Elle est belle, on l'envie.
               Des fois le cœur balance
               Et l'on cède à l'envie.

SACEM N°1487267

Malhonnêtes surtout
Savent nous faire croire.

Certains, très forts, filous,
Savent tuer l'espoir,
Savent faire si mal.

Alors c'est le départ
Face au vent, inégal,
Et face aux lois bizarres. "

L'homme reprend seul le début du texte, puis la troupe le rejoint,
alternant les voix. (partie pouvant être chantée)

L'homme :   " Je vivais en dehors des sentiers élagués,
En dehors des semblants et de l'hypocrisie ;
Je vivais simplement, ni honte ni suspect
Ne venaient défrayer la chroniqu' de ma vie.

Mais quand de vivre seul il me prit de changer,
Vite on me fit savoir que j'étais dans l'erreur ;
Que tout mon équilibre et ma stabilité
Étaient choses anormales, aujourd'hui, de nos heures.

Quand une fois signés les papiers établis
Par un juge des lois dénommé Procureur,
Je me dus de plier aux principes prescrits,
En clause minuscule, d'un contrat destructeur.

Alors l'être serein, si calme et si tranquille,
Se vit tout transformé et, devenant anxieux,
Il perdit tous les traits, Madame La Marquise,
Qu'au point de l'épouser vous redirent amoureuse.

Mais contre la nature, nul ne pourra lutter,
Et qu'il vous plaise ou non, face à ceux du bonheur
La douceur de vos bras n'a pour réalité
Qu'une chaîne au lourd poids du boulet de la peur.

Alors qu'il attendait, face à vos beaux discours,
La tendresse oubliée, oui, le soutien perdu ;
Quand le nid des amants, et leur brasier d'amour,
Devint feu de l'enfer, ...
                 ..., le rêve disparut. "

La femme prend la parole, d'un air aussi gai qu'enjoué, pour s'adresser à tous :

La femme :   " C'est le printemps qui nous revient,
               La douceur et l'espoir enfin,
               Frasques du temps qui ne sont rien,
               Nous avançons vers nos destins. "

Elle reprend : " C'est un appel !

               Tous ces petits oiseaux
               Me disant aujourd'hui
               Qu'il n'est rien de plus beau
               Que nous deux réunis.

SACEM N°1487267

Dans la fleur de lotus
Brillent tant de couleurs
Qu'il n'est rien, rien de plus,
Enivrant pour mon cœur ;

Et je t'entends tirer
Sur la corde d'argent
Lorsque je vais rentrer
Te serrer tendrement.

C'est enfin le grand jour
Où viennent communier
Le physique et l'Amour
Dans cet écrin doré. "

Le jeune ne s'adresse à personne en particulier.

Le jeune :   " Ne sera t'on jamais tranquille ?
Mauvais coté du jeu de quille.
A quand la paix et le repos
Au loin des chaînes du tableau ? "

Le jeune reprend seul, puis la troupe le rejoint en mixant les voix.

Le jeune :   " Ah, bon sang, encore elle ! Je ne l'ai demandée,
Et je n'y pensais pas. Prenant le frais dehors,
Sur mon balcon et seul ; s'il y avait une femme
Elle ne croirait pas que ce n'est pas pour elle.

SACEM N°1487267

D'ailleurs, quoi qu'il en soit, s'il est une raison
Je dois bien avouer qu'elle m'est étrangère,
Et je me passerais bien souvent volontiers
De ce qui si souvent ne génère que gêne.

Si, comme maintenant, l'alentour est désert,
Je peux sans plus d'ennui répondre aux exigences.
Elle reste dressée sans raison ni pourquoi,
Comme l'aberration d'un semblant primitif.

Par contre à tout venant, et sans plus de raison,
Souvent dans la journée, et en un rien de temps,
Elle va transformer, sans plus d'explication,
Vêts et sous-vêtements en habits de torture.

Ne souffrais-je pas plus de voir s'ébaucher
Des formes incongrues en endroit capital
De mon anatomie, aux regards indiscrets
Féminins qui s'en rient par imagination ?

Non Madame ce n'est pas vous qu'elle salue !
Cet animal stupide est prise d'un caprice,
Faisant fit de mes nerfs et sa captivité,
M'infligeant de par vous la honte et la douleur ;

Et si votre pouvoir, la fierté et l'orgueil
De vous même, et vous toutes, vient se trouver par là,
Laissez moi chuchoter qu'ils sont placés bien bas,
Et sans plus d'amour propre, ...
                    ... prés d'un coin pas si beau. "

SACEM N°1487267

Le jeune reprend :

" Messieurs les Couturiers, qui revêtez la femme
D'un écrin si souvent vif et non mérité
En enchaînant le mâle à la pure illusion
Quand (te) l'équivalent se tient dans vos ciseaux,

Redonnez donc aux deux des armes similaires,
Le partage des biens et un billet commun
Pour la simple douceur et le plaisir de vivre !

Messieurs tant de conflits tiennent dans vos ciseaux !

Mais pour en revenir au despote sans nom
Digne que je l'écrive, le bonheur de ces Dames
N'est que pur esclavag' pour celui qui le porte ;

Et il s'en faudrait peu, tel que c'est aujourd'hui,

Pour que je me les coupe. "

L'homme, espère toujours que les gens comprendront.

L'homme :   " Tout si loin des désirs,
On est si près du pire,
J'ose encor' espérer
Que ca va s'arranger.

Non je ne peux pas croir',
Qu'il n'y a pas d'espoir.
Il suffirait, je crois,
Juste d'un petit pas. "

SACEM N°1487267

L'homme reprend seul, puis la troupe le rejoint en alternant les voix.

L'homme :   " Demain, qui sait, peut être. Oserai-je espérer
Que le ciel s'ouvrira, que les gens cesseront
De se faire la guerre, de taire et de blâmer ;
Qu'au lieu de soupçonner nous nous entraiderons ?

Je l'ai vu dans tes yeux.
La vie ne donne espoir
Qu'à ce vin de bohème,
Que le temps a flétri ;

Qu'aux volutes fumées qui tendent vers le noir
Ce que fut le destin de ce trop vieux fusil.
…
Je suis seul moi aussi, dans ce monde qui tue
Peu à peu tout ce qui nous faisait dire Humains ;

Dans cette école qui, en valeur absolue,
Se voudrait la meilleure, me tendras tu la main ?

Te reste-t-il assez de ce qui fait la Vie,
De ce qui fait l'Amour et qui nous fait pleurer
Pour te plonger un peu dans ces regards qui crient ;
Dans les regards de ceux qui disent avoir gagné ?

Te reste-t-il assez de patience, de tendresse,
Pour supporter un seul de ces gens bien trop las ?

Avec Toi je veux bien essayer, sans promesse ;
Et si tu es une femme, ...
                        ..., je ne m'en plaindrai pas. "

REFLETS 3

ONE-MAN-SHOW

Amis du verbe, du drame et de la dialectique, bonjour !

Je me présente ?

…

Présentateur !

… (Ecoute du public)

Hum ? Vous dites ?

…

De quoi ?

…

Ben, …, de ce que vous voulez

…

De n'importe quoi,

…

Déjà, je présente,

…

Je représente,

…

Je me présente,

…

Devant vous,

SACEM N°1487267

…

Alors, si, en plus, il faut

…

(Court moment de réflexion)

…

D'accord,

…

Voyons

…

(Court moment de réflexion)

…

Présentateur de nouvelles !

…

Fraîches

…

Les nouvelles

…

Fraîches

…

Fraîcheur

…

Climatisation

…

Frigo

…

C'est frais, quand ça sort du frigo

…

Frais

…

(Silence prolongé avec regards au public en marquant l'interrogation)

…

(A part) Souffleur

SACEM N°1487267

…

(Regards au public en marquant l'interrogation)

…

(A part) Souffleur

…

(Regards au public en marquant l'interrogation)

…

(A part) Enfin, …, souffleur

…

(Regards au public en marquant l'interrogation)

…

Vous trouvez pas qu'il fait chaud, ici ?

…

(Regards au public en marquant l'interrogation et en s'essuyant le front)

…

(A part) Souffleur

…

(Regards au public en marquant l'interrogation)

…

Comment est-ce possible ?

…

Pas de clim, …, et même pas de souffleur

…

Pour faire un peu d'air

…

Ben oui, fait chaud, ici !

…

Comment ça ?

…

Bien sûr, si je demande un souffleur, c'est pas pour me souffler, c'est pour souffler

…

Ventilation

…

A l'ancienne

…

Et privilège

…

Ancien

….

Le soufflet du souffleur qui soufflait sans me souffler

…

Bon, enfin, z'allez pas m'en faire un fromage

…

D'ailleurs, la cuisine, aujourd'hui, c'est pas comme mon texte

…

Allégée

..

Mais non, la cuisine, pas mon texte

…

(En aparté) D'ailleurs, entre nous,

…

Z'avez l'impression d'en avoir pour votre argent, vous ?

…

Parce qu'avec l'allégé, y a pas que la bouffe qui est allégée

…

Le porte-monnaie aussi

…

Après

…

Régime pour tout le monde

…

Moins t'en as dedans, plus tu en sorts

…

SACEM N°1487267

Et y'en a plein qui trouvent ça normal !

…

La valeur vient de la rareté, donc,

…

Moins y'en a dedans, …, plus …

…

Alors qu'avec mon texte

…

C'est dedans qu'y en a le plus

…

Après

…

Mentalement

…

Culturellement

…

Ca t'enrichit

…

Quoi que t'en penses,

…

D'ailleurs, ami du drame, du verbe et de la dialectique, avant de sortir

…

N'oublie pas

…

Le petit

…

Le petit plus, quoi

…

(Reprise du sérieux)

Présentateur de nouvelles,

…

SACEM N°1487267

Fraîches.

…

Tiens, l'éducation nationale !

…

Cette année : « Réforme de l'éducation nationale ! »

…

(Ecoute interrogative du public)

…

Mais non, j'ai dis fraîches, les nouvelles

…

(Regard d'évidence au public)

…

Ben sûr, la dernière

…

Réforme

…

Celle de cette année

…

De toute façon, y'en a une tous les ans

…

Périmée l'année d'après

…

Et dont on n'aura jamais le temps de voir les résultats

…

Va comprendre

…

Toujours que tu ne peux pas te tromper

…

La réforme de l'éducation nationale, c'est toujours une nouvelle fraîche

…

Mais c'est jamais la bonne

…

SACEM N°1487267

Réforme

…

Puisqu'il y en a une tous les ans.

…

Et la surpopulation carcérale !

…

…

C'est pareil

…

Nouvelle fraîche,

…

Tu peux pas te tromper

…

Réforme tous les ans

…

« La réforme nouvelle est arrivée ! »

…

Celle de l'année

…

Nouveau programme

…

Nouveaux projets

…

Aménagements

…

Répartitions

…

Constructions

…

Toujours plus de prisons

…

Toujours plus surpeuplées

SACEM N°1487267

…
A croire qu'on peut réserver sur plans
…
Même qu'il vaudrait mieux
…
Et qu'ils pratiquent le surbooking
…
Non maîtrisé
…
Alors il faut des réformes
…
Pour maîtriser
…
Le surbooking
…
Là aussi, nouvelle fraîche !
…
Plus t'es dans la merde
…
Plus t'es dans la merde
…
…
Y a aussi les H.L.M., les HLM des quartiers ghettos
…
Encore idem
…
Plus ils en font
…
Plus il en faut
…
Ou peut-être le contraire
…

SACEM N°1487267

Des H.L.M.

…

Nouvelle toujours fraîche

…

Le HLM nouveau est arrivé,

…

Dans les quartiers ghetto,

…

Constat affligeant

…

Aussi terrible que déplorable

…

Et non périssable

…

Avec les H.L.M.

…

Les Habitations aux Logements Minables

…

Dans ces quartiers ghettos

….

Dix étages

…

Quand c'est pas quinze

…

Quatre apparts par étage

…

Au moins

…

Je minimise tout

…

Sinon, des fois, tu peux même pas imaginer

…

SACEM N°1487267

Deux cent quatre vingt mètres carrés au sol

…

Environ

…

Cent cinquante personnes

…

Empilées

…

En minimisant au maximum

…

Une personne pour deux mètres carrés au sol

…

Habitations intensives

…

Pardon

…

Industrielles

…

Très économique

…

Parce qu'on a beau dire qu'ils bénéficient d'avantages

…

Ou davantage

…

Faut pas oublier, dans ces quartiers,

…

Eux, ils sont vraiment dans le caca

…

La plus part du temps

…

Tous les jours

…

Avec le bruit

…

La violence

…

L'irrespect

…

Le stress

…

Le manque de sommeil

…

Les trafics

…

La peur

…

Pas de sous

…

Pas de vacances

…

…

Plus t'es dans la merde …

…

…

Alors que dans les quartiers résidentiels

…

Même en minimisant tout

…

C'est le monde à l'envers

…

A l'envers des H.L.M. dans les quartiers ghettos

…

Même en minimisant tout.

…

…

Puis les usines

…

Dans les usines

…

La densité d'ouvriers par rapport à celle de patrons

…

Mais là, c'est normal

…

Faut peu de patrons riches pour faire travailler beaucoup d'ouvriers pauvres

…

Qui enrichissent les patrons

…

Riches

…

Pour qu'ils puissent faire travailler des ouvriers

…

Pauvres

…

Z'ouvriers

…

Contents de travailler

…

Pour des patrons

…

Riches

…

Parce que les ouvriers, eux, quand ils perdent leur job, z'ont pas droit aux stock-options

…

Gagnées par les ouvriers

SACEM N°1487267

…
Qui sont dues aux patrons
…
En principal
…
Pauvres
…
Z'ouvriers
…
Qui n'en verront jamais la couleur.
…
…
Je peux vous présenter des collègues,
…
Histoire de passer le temps
…
Mes collègues
…
Personnellement à moi
…
Comme mon collègue penseur,
…
Mathieu,
..
L'intellectuel
.
Tu sais, celui,
…
Le seul,
…
Le seul qui a lu la vie sexuelle des crevettes en trente deux volumes
…

Masturbation intellectuelle à tous les étages

…

Grisé par la matière grise en action

…

Le mec

…

(Regard interrogateur au public))

…

Comment je sais qu'y a que lui qui l'a lu ?

…

Parce qu'on n'en a vendu qu'un seul exemplaire

…

De l'ouvrage

…

Le sien

…

C'est mon collègue éditeur

…

Albert

…

Qui me l'a dit

…

Lui, l'était sûr de toucher les écologistes sur la baisse de reproduction

…

Des crevettes,

…

Il comptait sur l'intérêt des pisciculteurs, des producteurs de poissons et crustacés

…

Personne n'a mordu à l'hameçon

…

Et plouf, ce fut un flop

…
Un coup d'épée dans l'eau.
…
…
Dans mes collégues, y a aussi, le penseur.
…
Il me dit :
…
« On parle,
…
On gesticule
…
On s'interpelle
…
On s'active
…
Toutes ces choses qui donnent l'impression d'être considérable dans l'univers
…
D'exister,
…
Puis il y a les passions
…
Qui, seules, donnent tant de force
…
Ce sentiment d'importance réelle
…
Quelquefois de puissance
…
Enfin, le recul, nous dit qu'on en fait si peu
…
Alors autant que se soit fort

Tous droits réservés pour tous pays par Mathieu VIGNAL©

SACEM N°1487267

…

Pour concentrer

…

L'éternité

…

Sinon, voir passer la vie … »

…

Toujours que le penseur, l'intello,

…

L'autre jour il évoque la réalité virtuelle.

…

Quelle expression stupide !

…

Il dit : « Et patati !

…

Je réponds : « Et patata !

…

Il s'est tu et …

…

Mais non

…

Il n'est pas mort

…

Il ne s'est pas tué

…

Il s'est tu et je crois que je l'ai bluffé sur ce coup là

…

Trop simple

…

Peut-être qu'il cherche encore

…

Ce que j'ai voulu dire.

SACEM N°1487267

…

…

Le matheux,

…

Paul

…

Lui aussi, c'est pas rien

…

Et c'est rien de le dire

…

Si j'ose dire

…

Il m'a scotché

…

Avec cette colle :

…

« Le gasoil est moins taxé que l'essence

…

Le brut augmente

…

Et le gasoil augment plus vite que l'essence

…

Alors que ce devrait être le contraire

…

Va comprendre

…

Et si t'as pas compris

…

C'est qu'ils ont raison

…

De nous prendre pour …

…

Non, eux, pas nous, de nous prendre, nous, pas eux, pour des …

…

Ben oui, eux pour nous, nous pour eux

…

Un pour tous et tous pour Dieu

…

Car tous pourris

…

Non

…

Eux

…

Pourris

…

Pas nous »

…

…

(Les 12 répliques suivantes avec l'accent maghrébin)

Tu sais

…

Oui tu sais

…

Mon frère

..

Sigmund

…

Mais non

…

Pas mon frère Sigmund

…

Toi

SACEM N°1487267

…

Mon frère

…

Comme on dit

…

Alors Sigmund

…

Mon collègue

Philosophe,

…

Il faut le suivre

…

Des fois

…

Et pas n'importe où

…

Fais gaffe, quand même

…

Il m'a encore dit un truc

…

Que je continue de réfléchir

…

Depuis une semaine

…

Parce que je suis têtu

…

Moi

…

Pit-bull cérébral

…

Qui lâche jamais le morceau

…

Jusqu'au bout

…

C'est comme avec cette boisson gazeuse, tu sais,

…

Si tu la secoues beaucoup

…

Tu peux décoller la pulpe du fond

…

Des fois

…

Mais là

…

Y a rien qui se passe

…

Et quand j'aurai fini de réfléchir

…

Ben, ce sera comme d'habitude

…

Toujours pas compris.

…

Ecoute un peu c'qu'il m'a sorti :

…

« La créativité et son interprétation ne peuvent pas être mécanisés car elles sont créations humaines, et l'humain, seul, peut les reconnaître »

…

T'as compris, toi ?

…

Puis, pour imager, il ajoute que ce tableau qu'il trouve si beau n'intéresse pas du tout son chat

…

Alors là

SACEM N°1487267

...

Le chat

...

Pour un pit-bull

...

Ca devient terrible !

...

Mais mon pote philosophe, terrible !

...

S'arrête jamais

...

Encore,

...

L'autre fois, il m'interroge :

...

« Vivre sans amour ? »

...

Puis il enchaîne :

...

« Inhumain,

...

Innanimal »

...

Et alors ?, que je lui dis.

...

« Alors regarde !

...

Donner aux enfants les armes pour se battre au mieux dans ce monde hostile,

...

Et cultiver l'Amour indispensable,

...

Attention aux fausses routes ! »

…

…

L'ami d'enfance

…

'Tibou

…

Qui a eu sa maison inondée

…

Révolté :

…

« Les assureurs, c'est comme les banquiers !

…

Plus t'es dans la merde

…

Plus t'as besoin

…

Moins on t'aide

…

Et inversement ».

…

Quand j'en ai parlé au penseur

…

Tu sais,

…

Mathieu

…

Ben oui,

…

Celui de tout à l'heure

…

L'a répondu sans précision :

…

« On nous noie d'informations secondaires pour justifier des objectifs inavoués »

…

J'ai encore pas compris, mais cette fois, j'ai réagi, et toc, du tac au tac :

…

« L'éthique est optionnelle »

…

Là, j'ai cru marquer un point

…

La boule au but, et bang,

…

Il me renvoie :

…

« Certes, d'autant que l'humilité n'est plus de mise ».

…

Ah que nenni !

…

Mais si

…

Il reprend la main, en enchaîne

…

« Quoi qu'elle soit si riche

…

Car on n'avance qu'en admettant ses faiblesses

…

Ses lacunes

…

Ou ses espérances

…

…

Culturellement,

…

Spirituellement, bien sûr,

…

L'enrichissement. »

…

…

Et comme si le penseur suffisait pas, y'a Morgane

…

Morgane la sociale

…

Ou sociologue

…

Du moins, l'humaine, simplement.

…

C'est une nana qui veut tout analyser

…

Qui se dit amoureuse des mots.

…

J'aimerais être un mot

…

Quelquefois

…

Surtout quand je la vois

…

Mais quel mot ?

…

Faudra lui demander

…

Parce que

…

Elle aime quand ils sonnent

…

Les mots

…

Des fois, je me demande si elle n'aurait pas plutôt dû être prof de français

…

Ou de philo

…

Non, plutôt de théâtre

…

Ou mieux, de poésie

…

Mais, elle,

…

Non, pas Morgane

…

La poésie

…

On a tendance à l'oublier dans les matières scolaires

…

A tort

…

Dommage

…

Bref

…

Elle vient me parler des fidélités

…

Non, pas la poésie

…

Morgane

…

Vient me parler des infidélités

…
Et elle me dit :
…
« Bien des fidélités sonnent la fin des dus, de fait ou de visu, aux partis, entreprises, finances et capitaux, au couple, … »
…
« Certes oui, qu'elle ajoute, bien des fidélités défilent maintenant disant se mériter et flattent leurs auteurs »
…
Puis quand je lui demande de s'expliquer un peu parce que je n'ai pas tout suivi, compris, elle me parle des « Maux qui prennent en défaut ces plaidoyers du faux, des défilés d'infidélités sous couvert de pseudos, de valeurs, morales et de contrats qui couvrent qui découvre sans être à découvert dans les fidélités dues »
…
Ben,
….
Quand elle a fini
…
Pour tout comprendre
…
Vaut mieux qu'elle te donne le texte par écrit.
…
Et encore …
…
Y en a qui font semblant de comprendre
…
Sans contredire
…
Principe de précaution
…
Moi, j'y réfléchis une semaine

SACEM N°1487267

…
Je reviens poser des questions
…
Puis je réfléchis encore…
…
Et c'est pire.
…
…
Y a Baba
…
Baba l'zen
…
Très cool,
…
Ben, zen
…
L'écolo, quoi,
…
Le gars qui te dit :
…
« Moi, de toute façon, je suis pour
…
Je suis toujours pour
…
Parce que quand tu es contre
…
Tu te fais des ennemis
…
Pas quand tu es pour »
…
Je lui demande alors s'il est aussi pour ceux qui sont contre ceux qui sont pour sans être ceux qui sont contre.

Tous droits réservés pour tous pays par Mathieu VIGNAL©

SACEM N°1487267

…

Il a réfléchi

…

Une semaine

…

Chacun son tour

…

Puis il m'a dit,

…

Une semaine après

…

« Cherche pas à m'embrouiller !

…

T'y arriveras pas !

…

Je connais le problème

…

Parc'que c'est comme ma compagne

…

Qui est un peu compliquée

…

L'autre jour, elle me dit, alors que j'étais contre elle :

…

« Qu'en scrutant le prochain scrutin, les pour et les contre ouvrent la voie aux voix des blancs pour un monde bien noir »

…

Alors, quoique contre elle, j'étais contre elle sans être pour. »

…

Cette histoire des mots

…

Et de démos des mots

…

Finit par commencer à m'épuiser.

…

(Regard sur la montre à gousset)

…

Amis du verbe, du drame et de la dialectique, au revoir !

…

Et puis, ami du drame, du verbe et de la dialectique, avant de sortir

…

N'oublie pas

…

Le petit

…

Le petit plus, quoi

(Sortie sans épilogue)

RIDEAU

DU MÊME AUTEUR

FRESQUE DES TEMPS MODENES (collection poétique)
Tome 1
Tome 2
Tome 3
Tome 4
SKETCHES ET SCÉNETTES À GOGO
Tome 1
Tome 2
BRÈVES PENSÉES
Tome 1
POUR UNE COLLECTIVITÉ ÉQUITABLE
Première partie : La base
Deuxième partie : Outils et Résultats

Éditeur : BoD-Books on Demand, 12/14 rond point des Champs Élysées, 75008 Paris, France
Impression : BoD-Books on Demand, Norderstedt, Allemagne
ISBN : 9782322187485
Dépôt légal : Novembre 2019

SACEM N°1487267